芥川龍之介

人生は地獄よりも地獄的である。

地獄の2コマ名言集

文：ペズル　イラスト：aqinasu

プレジデント社

　人生は地獄よりも地獄的である。地獄の与える苦しみは一定の法則を破ったことはない。たとえば餓鬼道（がきどう）※1の苦しみは目前の飯を食おうとすれば飯の上に火の燃えるたぐいである。しかし人生の与える苦しみは不幸にもそれほど単純ではない。目前の飯を食おうとすれば、火の燃えることもあると同時に、また存外楽々と食い得ることもあるのである。のみならず楽々と食い得た後さえ、腸カタル※2の起こることもあると同時に、また存外楽々と消化し得ることもあるのである。こういう無法則の世界に順応するのは何びとにも容易にできるものではない。もし地獄に堕(お)ちたとすれば、わたしは必ず咄嗟(とっさ)の間に餓鬼道の飯も掠(かす)め得るであろう。いわんや針の山や血の池なども二、三年そこに住み慣れさえすれば、格別跋渉(ばっしょう)※3の苦しみを感じないようになってしまいそうである。

『侏儒(しゅじゅ)の言葉』より

※1 餓鬼道：仏教の悪道の1つ
※2 腸カタル：腸炎
※3 跋渉：各地を歩き回ること

主なキャラクター

この本では、芥川龍之介が作品の中に残した名言を、動物たちの2コマ漫画とともに紹介します。

▶▶ネコ

編集者。ブタと友達。

◀◀ブタ

ネコやキツネと友達。

▶▶タヌキ

編集長。

・名言は読みやすいように、現代かなづかいに改めています。また、漢字をひらがなにしたり、現在よく使われる漢字に置き換えたりしています。

・小説などの作品名は『』で記しています。また、漫画のシーンと作品内容は関係ありません。

【明日は我が身】

イヌ君って
人にこびるところ
あるよね
わかる〜
そういうとこだけ
ちょっと苦手かも

夜
ぼくもどこかで
悪口言われてる
のかなぁ…

龍之介は著書の中で、自分のことを「平生好んで悪辣な弁舌を弄する人間」と書いています。一方で人の評判を気にする繊細な性格だった彼は、「編集した本の印税で儲けて書斎を建てた」という悪いうわさが流れた際、わざわざ出版社に借金をして、その本に関わった作家全員に三越の商品券を配ったそうです。

【過信】

いい企画ひらめいた!
この企画は他の人じゃ絶対思いつかないな

あとは適当に企画書つくれば会議は楽勝だね
どうせ上司も細かいとこ読まないいし
人生ちょろいな

阿呆はいつも彼以外のものを阿呆であると信じている。
『河童』より

この名言は、『河童』に登場する河童の哲学者・マッグの書いた「阿呆の言葉」の1つとして紹介されています。『河童』を発表してから約半年後、龍之介は命を絶っています。ちなみに、幼い頃に画家を夢見たこともある龍之介は、20代後半から河童をよく描くようになり、その絵を女性にあげたりしていました。

【表と裏】

新編集長あいさつ
編集部のみなさんがヒット作を出せるよう全力でサポートしていきたいと思います
オレが編集長の間に編集部がヒット作を連発すれば将来社長も夢じゃない
裏
表

頼りにしてます
がんばります
ふっ

龍之介は続けて「少なくとも民衆の意志であるかのように信ぜしめるものをいうのである。この故に政治的天才は俳優的天才を伴うらしい。」、「民衆を支配するためには大義の仮面を用いなければならぬ。」と書いています。

【独創性とは】

僕らはたとい意識しないにもせよ、いつか前人のあとを追っている。

『文芸的な、余りに文芸的な』より

龍之介は続けて「僕らの独創と呼ぶものはわずかに前人のあとを脱したのにすぎない。」と書いています。

過去の偉大な作品や人物を題材にして小説を書くことも多かった龍之介。『羅生門(らしょうもん)』、『鼻』、『芋粥(いもがゆ)』などは、彼の愛読書であった『今昔物語集』を参考にした小説です。

【判断基準】

編集長
なんで この連載企画 ボツなんですか？
人気ライターだし 内容も おもしろいのに
ん？

それだけ!?
オレ そのライターが キライだから

我々の行為を決するものは善でもなければ悪でもない。ただ我々の好悪（こうお）である。あるいは我々の快不快である。

『侏儒（しゅじゅ）の言葉』より

龍之介は小学校2～3年の頃、先生に「かわいいと思うものと、美しいと思うものを書け」と言われ、かわいいと思うものにゾウと、美しいと思うものに雲と書きました。しかし先生はそれを気に入らず、「雲などはどこが美しい？ゾウもただ大きいばかりじゃないか？」と言い、答案に「×」をつけたそうです。

コラム1

少年時代の龍之介

◆辰年生まれで「龍之介」

龍之介は1892年3月1日に生まれました。辰年（たつどし）だけでなく、辰月辰日辰刻に生まれたのが名前の由来と言われています。

◆「芥川」は母の実家

龍之介は父・新原敏三（にいはらとしぞう）と母・フクの長男として生まれました。しかし0歳の頃、フクが突然発狂。龍之介はフクの兄・芥川道章（あくたがわどうしょう）の家にあずけられ、道章、道章の妻・トモ、道章の妹・フキ（フクの姉）のもとで育ちました。

◆龍之介の奪い合い

実の父・新原敏三は、日頃から龍之介を芥川家から連れ戻したいと考えていました。しかし、龍之介をあずかった芥川道章は「連れ戻すなら腹を切る」と言って許さず、最後は裁判で決着をつけることに。その結果、1904年、龍之介は正式に芥川家の養子となります。龍之介が12歳の頃でした。

◆「龍之介」か「龍之助」か

龍之介の名前は、戸籍上は「龍之介」でしたが、芥川家では「龍之助」を用いていました。龍之介自身も少年時代は「龍之助」と書いていましたが、正式に芥川家の養子になった頃から統一して「龍之介」と書くようになったそうです。

◆「龍ちゃん」

龍之介は家族（道章、トモ、フキ）から「龍ちゃん」と呼ばれ、とても愛されていたそうです。

◆虚弱体質

龍之介は幼い頃、体が弱く、当時のことを『追憶』に「僕はその頃も今のように体の弱い子供だった。ことに便秘しさえすれば、必ずひきつける子供だった。」と書いています。

◆怪談が好き

少年時代から怪談が好きだった龍之介。彼は小学生になった頃、「おてつさん」というお婆さんからいろいろ怪談を聞かされていました。そんなこともあり、夢の中でよく幽霊に襲われることに。その幽霊は、いつもおてつさんの顔をしていたそうです。

また、高校生の頃の龍之介は、妖怪に関するノートを作り、友人などから聞いたり、本で読んだりした話を分類してメモに残していました。龍之介の小説には、『河童』をはじめ、妖怪やお化けなどを扱ったものが数多くあります。

◆本が好き

龍之介は少年時代から本が大好きで、滝沢馬琴の『南総里見八犬伝』の他、特に『西遊記』と『水滸伝』を愛読していました。小学生の頃は、貸本屋にある本を端から端まで読み尽くしてしまい、さらには図書館に弁当を持って通っていたそうです。

またその頃、同級生たちを集めて回覧雑誌『日の出界』をつくっています。龍之介は原稿を書きつつ、表紙の絵やカットも描き、自ら編集しています。

◆成績優秀

小学生の頃から成績優秀だった龍之介。中学時代は、特に漢文の力が抜きん出ていたそうです。一番好きな学科は歴史で、将来は歴史家になりたいと思っていました。

【他人の不幸は】

イヌ君って
みんなから
好かれてるよね
人なつこいから
敵を
つくらないよね
だよね

でも最近彼女と
別れたんだって
うわぁ
つらいね

幸福らしい他人の不幸は、自然と微笑を浮かばせるのです。

『報恩記』より

この名言は、『報恩記』に登場する盗人の心情を表現したものです。盗人は屋敷に住む北条屋の妻が涙をぬぐい、夫が腕を組んだままじっとしている様子を見て「いくら不自由がないようでも、やはり苦労だけはあると見える」と思い、「わたしは夫婦の嘆きが、歌舞伎をみるように愉快だったのです。」と語っています。

【悲しい喜劇】

企画をするのは好きだけど
この企画書
全然ダメ
やり直し
うぅ
評価してもらえない

事務作業は嫌いだけど
エクセル資料
だけは
作るのうまいな
ニャー
褒(ほ)められる

一体運命は彼のためにいつこういう悲しい喜劇の幕を下してくれるであろう？……
『文章』より
今からカラオケ行こ

『文章』の主人公である英語の先生・堀川保吉。彼はある日、校長の代わりに半時間で弔辞を書き、その出来を絶賛されます。しかし、何度も推敲を重ねて完成させた小説は、批評家に罵倒される始末。「彼は弔辞には成功し、小説には見事に失敗した。」という一文とともに、この名言が続けられています。

【楽しい時間と悩む時間】

企画書なんて
にゃにゃ〜
にゃにゃ〜♪
仕事の話は
タブ〜
タブ〜♪

帰宅後
やっぱり
転職しよう
かなぁ
やりたい企画
全然やらせて
もらえないし

いかなる
楽天主義者にもせよ、
笑顔に終始することの
できるものではない。
『侏儒の言葉』より

龍之介は続けて「いや、もし真に楽天主義なるものの存在を許し得るとすれば、それはただいかに幸福に絶望するかということのみである。」と書いています。
また、晩年の龍之介は手紙の中で、「とにかく生きていくのは楽じゃない」と苦しい心情を記しています。

【思い出したくない】

後で考えて、ばかばかしいと思うことは、たいてい酔った時にしたことばかりである。

『ひょっとこ』より

『ひょっとこ』は友人に「書け」とすすめられて23歳の頃に発表した小説です。この名言の前には「実は踊ったのも、寝てしまったのも、いまだにちゃんと覚えている。そうして、その記憶に残っている自分と今日の自分と比較すると、どうしても同じ人間だとは思われない。」という一節があります。

【おとがめなし】

罰せられぬことほど苦しい罰はない。

『侏儒（しゅじゅ）の言葉（遺稿）』より

龍之介は続けて「それも決して罰せられぬと神々でも保証すれば別問題である。」と書いています。

『侏儒の言葉』は、龍之介が30歳の頃に学生時代からの友人・菊池寛（きくちかん）が創刊した雑誌『文藝春秋』で創刊号から連載がスタート。自ら命を絶つ35歳まで書き続けられました。

【どちらが悪い?】

どちらがほんとうの「正義の敵」だか、滅多に判然したためしはない。

『侏儒(しゅじゅ)の言葉』より

龍之介は「正義は武器に似たものである。武器は金を出しさえすれば、敵にも味方にも買われるであろう。正義も理屈をつけさえすれば、敵にも味方にも買われるものである。古来『正義の敵』という名は砲弾のように投げかわされた。」という一節に続けて、この名言を書いています。

【幸せとは】

ある朝
高1の頃に
小説家を目指して
もう10年か
まだ
デビューできて
ないけど…
小説家志望の
会社員

出勤中
仕事しながら
夢を追えてる
だけでも
幸せだよね

十年の苦労はあきらめを教え、あきらめは彼を救ったのだった。

『庭』より

初めて短編小説を依頼され、その原稿料の安さにがっかりした経験がある龍之介。その後、彼は海軍機関学校の英語教官となり、先生をしながら小説を書くことに。のちに妻となる塚本文（つかもとふみ）に送ったプロポーズの手紙には、「僕のやっている商売は 今の日本で 一番金にならない商売です。」と書き記しています。

【愛するがゆえに】

夜
大丈夫？
声が少し
元気ないけど
忙しいだけ！
用がないなら
切るよ

なんでそんな
言い方するのよ
心配してる
だけなのに
大丈夫って
言ってん
じゃん！
切るよ

龍之介は『河童』にも「親子夫婦兄弟などというのはことごとく互いに苦しめ合うことを唯一の楽しみにして暮らしているのです。」と書いています。一方で彼は学生時代、友人に「僕は少しでも父や母と一緒にいたいんだ。父や母ももう年をとっているからね。」と語っていたそうです。

【自由という不自由】

実はだれも腹の底では少しも自由を求めていない。

『侏儒（しゅじゅ）の言葉』より

龍之介は他にも「誰も自由を求めぬものはない。が、それは外見だけである。」、「自由とは我々の行為に何の拘束もないことであり、すなわち神だの道徳だのあるいはまた社会的習慣だのと連帯責任を負うことを潔しとしないものである。」と書いています。

【とは言っても】

昭和系
パワハラ上司に
ペコペコするヤツ
最低だよね
わかる〜
軽蔑
しちゃうよね

翌日18時
この企画書
やり直し
明日の
朝までね
承知
しました！

最も賢い生活は
一時代の習慣を
軽蔑しながら、
しかもそのまた習慣を
少しも破らないように
暮らすことである。

『河童(かっぱ)』より

龍之介は『侏儒(しゅじゅ)の言葉(遺稿)』にも「最も賢い処世術は社会的因習を軽蔑しながら、しかも社会的因習と矛盾せぬ生活をすることである。」と書いています。悪い習慣だと気づいていても、その場面になると自分も習慣通りに行動してしまう……龍之介はその愚かさを「賢い」と皮肉っているのかもしれません。

【常識という罪】

この領収書も精算しといて
経費で
♪
えっ!?
でもこれプライベートで買ったものじゃ…

いいんだよ!
みんなやってることなんだから
常識だろ

危険思想とは常識を実行に移そうとする思想である。

『侏儒の言葉』より

最初は「悪い」と思っていたことも、何度も繰り返しているうちにいつしか常識になってしまうことがあります。間違った情報が「常識」として認識されていることもあります。かつては正しかった常識も、今の時代に合っていないこともあります。時には常識を疑うことも、必要なのかもしれませんね。

【ホントはイヤ】

龍之介は続けて「しないどころか、いつでも正反対になって現れる。だから、彼はおおいに強硬な意志を持っていると、必ずそれに反比例する、いかにもやさしい声を出した。」と書いています。これは『戯作三昧』に登場する和泉屋市兵衛という出版屋の男の性格を表したものです。

【世代の違い】

残業続きでつらい？
オレが若い頃は徹夜なんて当たり前だったよ
はぁ

こんなこと言ってもおまえらには通じないか
ははっ
・・・
出たおじさんの苦労自慢

僕らよりのちの人間には、なおさら通じるとは思われません。

『将軍』より

この名言は『将軍』の中で、少将である父の感覚を理解できない青年が、父に放った言葉です。気まずい沈黙が続いた後、父は「時代の違いだね」と言い、話題が変わります。自分の常識が、別の世代の人にとっては非常識である可能性もあることを、心にとめておきたいですね。

【どうすれば】

この「すれば」は、
いつまでたっても、
結局「すれば」であった。
『羅生門』より
やめたいけど
やめられない…

この名言は『羅生門』の中で、「飢え死にしないために手段を選ばないとすれば、盗人になるしかない」と考えつつ、なかなか決心がつかない男の心情を表した言葉です。『羅生門』は龍之介が「柳川隆之介」というペンネームで発表した初期の小説。発表当時は特に注目されず、黙殺されてしまいました。

【つらいアピール】

期末テストに
向けて
昨日は徹夜で
勉強しちゃった
私ってバカだから
大丈夫？

でもこれは
きっと神様が
バカな私に
与えた試練！
つらいけど
今日も帰って
勉強するわ！
見ててね
神様！

「つらいことに耐える自分」に浸る人を、皮肉った言葉なのかもしれません。龍之介は他にも「年少時代の憂鬱は全宇宙に対する驕慢である。」と書いています。これは友人（室生犀星）が龍之介に話した言葉だそうです。

【無意識のうそ】

この名言は、『ひょっとこ』の主人公・平吉の普段の様子を表したものです。龍之介は他にも「ほとんど、うそをついているということを意識せずに、うそをついている。」、「格別それが苦になる訳でもない。悪いことをしたという気がする訳でもない。そこで平吉は、毎日平気でうそをついている。」と書いています。

【もう戻れない】

ねぇ
マスター
歳をとるって
切なくない
ですか？

オレ若い頃は
本の編集が楽しくて
上司とケンカしながら
毎晩必死に
働いてたんですよ
あのバカみたいな
熱量どこ
いっちゃった
んだろう

昔のおれは、今のおれの眼から見ると、どのくらいしあわせだったかわからない。
『偸盗』より

この名言は、『偸盗』に登場する太郎の心情を表したものです。盗み、放火、人殺しもする太郎は、現在のひどい暮らしと過去の楽しい日々を比較して、こんな気持ちも吐露しています。「あの時のおれと今のおれとを比べれば、おれ自身にさえ、同じ人間のような気はしない。」

【歴史は繰り返す】

こうして人間は、
いつまでも
同じことを
繰り返して
いくのであろう。

『偸盗(ちゅうとう)』より

この名言は、『偸盗』に登場する猪熊(いのくま)の婆(ばば)が、自分の人生と、周りの人間の人生を振り返った時の言葉です。彼女は「娘が今していることと、自分が昔していたことが似ている」、「若い男たちが今していることと、夫が昔していたことに大した違いがない」と気づき、なんともさびしい気持ちになります。

【妥協?】

我々はしたいことのできるものではない。ただできることをするものである。

『侏儒（しゅじゅ）の言葉』より

龍之介は他にも「我々は常に『ありたい』ものの代わりに『あり得る』ものと妥協するのである。」と書いています。
小説家としてデビュー後、海軍機関学校の英語教官になった龍之介。安定した収入を得るための選択でしたが、朝が早く、勤務時間で縛られることに不満を抱いていたそうです。

【他人の不幸は】

『歯車』の主人公が、過去の詩人たちの不幸な生涯を振り返った時の名言です。『歯車』は、龍之介の精神衰弱が進行していた時期の作品で、『夜』、『東京の夜』などのタイトル候補がありました。しかし小説家・佐藤春夫が「『夜』は個性がなさすぎるし『東京の夜』では気取りすぎる」として、『歯車』をすすめたそうです。

【うそも方便】

この本すごい
おもしろかったけど
読んでみる？
文豪の憂鬱

あんま興味
ないけど
おもしろそうだから
借りてもいい？
もちろん
あんま興味
ないな
文豪の憂鬱

龍之介は続けて「もし寸毫（わずか）の虚偽をも加えず、我々の友人知己に対する我々の本心を吐露するとすれば、古の管鮑の交わりといえども破綻を生ぜずにはいなかったであろう。」と書いています。「管鮑の交わり」は、「親しい交際」という意味。「管鮑」は春秋戦国時代の斉の宰相・管仲と、その親友・鮑叔牙のことです。

【素直に喜べない】

これまでずっと
英語の成績悪くて
先生に怒られて
たんだよね
うん
いつも
怒られるの
見てた

でも今回テストで
80点とったから
先生も
「がんばったね」って
褒めてくれたの！
この調子で
アメリカ人より
英語うまく
なるから！
ふ〜ん

誰でも他人の不幸に
同情しない者はない。
ところがその人がその不幸を、
どうにかして
切りぬけることができると、
今度はこっちで何となく
物足りないようなこころもちがする。

『鼻』より

龍之介は続けて「少し誇張していえば、もう一度その人を、同じ不幸に陥れてみたいような気にさえなる。そうしていつの間にか、消極的ではあるが、ある敵意をその人に対して抱くようなことになる。」と書いています。
『鼻』は夏目漱石に「大変面白い」と絶賛され、人気作家になるきっかけとなった小説です。

【嫌われる快感】

彼は「いやな奴」と呼ばれることには常に多少の愉快を感じた。

『大導寺信輔の半生』より

『大導寺信輔の半生』は、龍之介の精神面を自伝的に書いた小説と言われています。この名言は、才能のない人を馬鹿にしていた主人公・信輔の学生時代の様子を表したものです。しかし実際の龍之介は、友人に気を使う青年でした。他にも事実と異なる部分があり、この小説が龍之介の伝記というわけではないようです。

【逆に不安】

オマエ、たまには有給とって旅行でも行ってきたら？
編集長きょうはごきげんだな
えっ

社長にはオレが話しといてやるからさ
遊んできなよ
なんか裏がありそうだし
い、いや大丈夫です

始終、
いじめられている犬は、
たまに肉をもらっても
容易によりつかない。
『芋粥』より
ネコだけどね

龍之介は小学校の頃、いじめっ子に出会います。その子は龍之介を何度もつねったり、家の前を通った龍之介に向けて犬をけしかけたりしたそう。当時のことを龍之介は『追憶』で、「僕はこの犬に追いつめられたあげくとうとうある畳屋の店へ飛び上ってしまったのを覚えている。」と記しています。

【怒れば怒るほど】

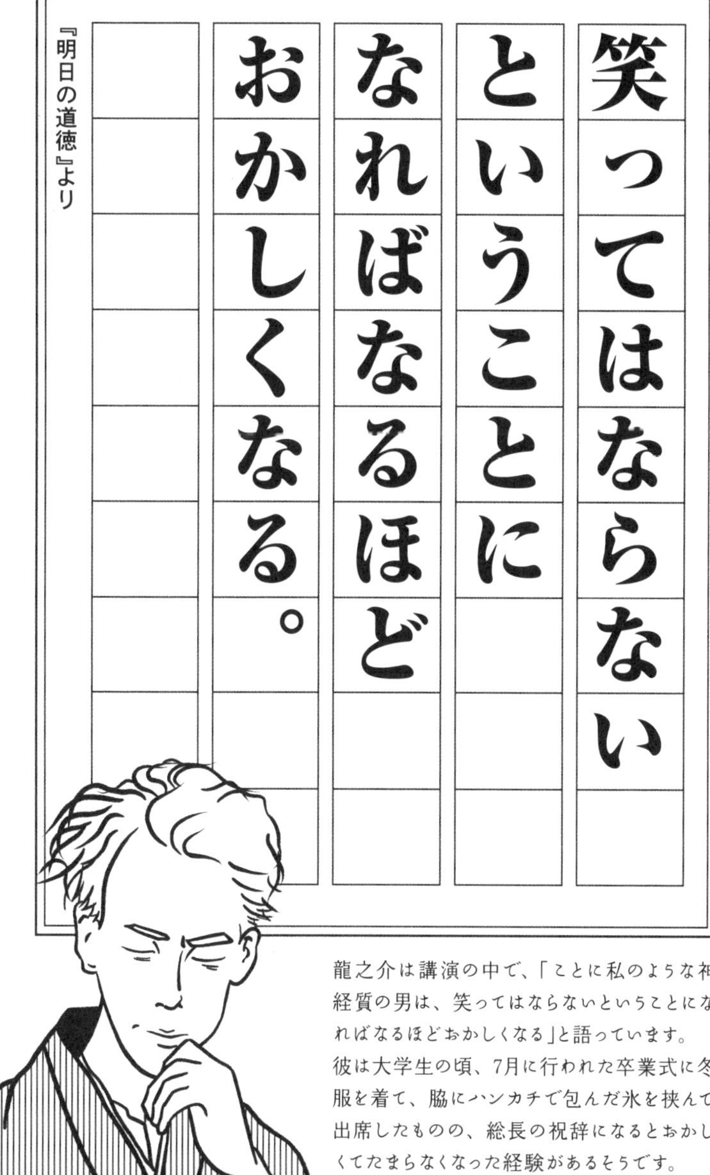

龍之介は講演の中で、「ことに私のような神経質の男は、笑ってはならないということになればなるほどおかしくなる」と語っています。彼は大学生の頃、7月に行われた卒業式に冬服を着て、脇にハンカチで包んだ氷を挟んで出席したものの、総長の祝辞になるとおかしくてたまらなくなった経験があるそうです。

【慣れないことをすると】

いつもは
やる気が
でないけど
次の文学賞こそ
新作を書いて
応募するぞ！

3ヶ月後
応募〆切
1日
間違えてた
あっ…
昨日が〆切…

僕はいかなる悪縁か、まっしぐらに突進する勇気を欠いている。しかもまれにこの勇気を得れば、たいてい何ごとにも失敗している。

『文芸的な、余りに文芸的な』より

龍之介は自殺する3年前、千葉県八街（やちまた）をわざわざ実地調査し、詳しい史料を手に入れ、『美しい村』を書き始めました。その一章には、日露戦争前の八街の地形や歴史が書かれています。『美しい村』は作風の転換を図ったと思われる作品でしたが、残念ながら未完に終わっています。

【人はネガティブな話題が好き】

ネコ君の推しのアイドル不倫してたんだってね
そうそう
めちゃ落ち込んだよ

公衆は醜聞を愛するものである。

『侏儒（しゅじゅ）の言葉』より

芥川は続けて「ではなぜ公衆は醜聞を――ことに世間に名を知られた他人の醜聞を愛するのであろう？」と書き、その理由の1つは優越感だとしています。
そして最後に、優越感に浸った公衆は「豚のように幸福に熟睡したであろう。」と記しています。

【ずるい】

また政治家の
脱税疑惑が
ニュースになってたよ
ほら
あら

庶民は増税
議員は脱税
ひどいよね
その議員もどうせ
捕まらないいん
だろうね

龍之介は『侏儒の言葉（遺稿）』にも、「革命に革命を重ねたとしても、我々人間の生活は『選ばれたる少数』を除きさえすれば、いつも暗澹としているはずである。」と書いています。『闇中問答』は、「僕」と「或声」の対話形式で書かれた遺稿（発表されないまま死後に残された原稿）です。

【「選ばれたる少数」の正体】

それにしてもなんで「脱税しよう」って思うんだろう？
絶対バレるのにアホなんじゃない？

議員になるぐらいだからアホではないでしょ？
じゃあきっと超悪人なんだよ

龍之介は作品の中で、何度か「阿呆」という言葉を用いることがありました。
例えば『侏儒の言葉（遺稿）』で、「古人は神の前に懺悔した。今人は社会の前に懺悔している。すると阿呆や悪党を除けば、何びとも何かに懺悔せずには娑婆苦（人生の苦しみ）に堪えることはできないのかも知れない。」と書いています。

【安くてもやります】

うちのWEBサイトで小説の連載してくんない？
お金は超安いけど
小説連載ですか！ぜひやらせてください！

〆切守らなきゃ違約金だよ
ゼッタイ守ります！

昔から喉の渇いているものは、泥水でも飲むときまっている。

『一夕話』より

海軍機関学校の英語教官となった龍之介は、朝が早いことや勤務時間の長さなどに不満を持ち、転職を考えていました。そこに慶応義塾大学の教授になる誘いが持ち込まれます。実現しなかったものの、龍之介は、「月給は安くなってもいい。授業が終われば帰れる慶応のほうがありがたい」と歓迎したそうです。

【何をしたいか】

読者が
読みたい本より
ぼくが書きたい本を
作るんだ！
自己満
だろ

とは言っても
人気が出ないと
お金にならない
よなぁ…
結局
売れたい
だけか

芸術のための芸術は、一歩を転ずれば芸術遊戯説に堕ちる。人生のための芸術は、一歩を転ずれば芸術功利説に堕ちる。

『芸術その他』より

龍之介は他にも「より正しい芸術観を持っているものが、必ずしもより善い作品を書くとは限っていない。そう考える時、寂しい気がするものは、独り僕だけだろうか。僕だけでないことを祈る。」と書いています。

【妄想は生きる糧(かて)】

小説出したの!?
すご〜い!

人間は、時として、
みたされるか
みたされないか、
わからない欲望のために、
一生を捧げてしまう。
『芋粥（いもがゆ）』より

この名言は、『芋粥』の主人公が、普段口にできない芋粥をあきるほど飲んでみたいと夢見る様子を書いたものです。

龍之介は『雑筆』にも「いいかげんな野心に煽動されて、柄（がら）にもない大作にとりかかったが最期、虻蜂（あぶはち）とらずの歎（たん）（なげき）を招くは、わかりきったことかも知れず。」と記しています。

【憶測が断定に】

ネコ君知ってる？
あの脱税疑惑の議員が捕まらないのは
大企業の社長の息子だからかも・・・しれないいんだって
えぇぇ

翌日
編集長知ってます!?
あの脱税議員が捕まらないのは大企業の社長の息子だからなんですって
そうなの？

西南戦争で西郷隆盛の軍に勝利した官軍が、西郷隆盛かもしれない死体を「西郷隆盛の死体」だと決めつけたことで、歴史が狂ってしまったのだとしたら……『西郷隆盛』は、史学科を卒業した本間が汽車の中で西郷隆盛にそっくりの男を見つけ、老紳士から「彼は西郷隆盛だ」と言われて困惑する小説です。

【謝れない人】

LIVE：サル議員脱税疑惑謝罪会見
ミスだったとはいえ税金の過少申告は決して許されることではありません
他の議員の皆様におかれましては適切な税金の申告を徹底していただきたい所存であります

とんかつ
ぎょうざ
焼魚
さしみ
謝る気ないね
だね

謝らなければいけないのに、なかなか言い出せなかったり、ついつい言い訳をしたり、あろうことか自分の主義主張を述べてしまったり……心の底から懺悔できる人は、意外と少ないのかもしれませんね。

コラム2

知×毒の名言

強者は道徳を蹂躙（じゅうりん）するであろう。弱者はまた道徳に愛撫（あいぶ）されるであろう。道徳の迫害を受けるものは常に強弱の中間者である。

『侏儒（しゅじゅ）の言葉』より

ばかがるのが一番ばかだね。

『早春』より

理想的兵卒はいやしくも上官の命令には絶対に服従しなければならぬ。絶対に服従することは絶対に批判を加えぬことである。すなわち理想的兵卒はまず理性を、失わなければならぬ。

『侏儒の言葉』より

天国は「しないことの後悔」に充ち満ちている。ちょうど地獄は炎の中に「したことの後悔」を広げているように。

『文芸的な、余りに文芸的な』より

我々は子供と大人とを問わず、我々の自由に突進したい欲望を持ち、その欲望を持つところにおのずから自由を失っている。

『機関車を見ながら』より

理想的兵卒はいやしくも上官の命令には絶対に服従しなければならぬ。絶対に服従することは絶対に責任を負わぬことである。すなわち理想的兵卒はまず無責任を好まなければならぬ。

『侏儒の言葉』より

我々は何も知らない、いやそういう我々自身のことさえも知らない。

『西郷隆盛』より

言行一致の美名を得るためにはまず自己弁護に長じなければならぬ。

『侏儒の言葉』より

（年老いた鬼が子供の鬼に対して）

人間というものは角の生えない、生白い顔や手足をした、何ともいわれず気味の悪いものだよ。（中略）男でも女でも同じように、うそはいうし、欲は深いし、焼餅（やきもち）は焼くし、己惚（うぬぼ）れは強いし、仲間同志殺し合うし、火はつけるし、泥棒はするし、手のつけようのないけだものなのだよ……

『桃太郎』より

【暴力とは】

なんで戦争って
なくならない
んだろうね
たしかに
日本史も世界史も
戦争の話ばかりよね

どんな争いも
しっかり話し合えば
だいたい
解決するのにね
パーチク
ピーチク
実は偉い人って
話し合うのが
苦手なんじゃない

龍之介は『追憶』の中で、小学校の頃の体罰の様子を「横顔を張りつける位ではない。胸ぐらをとって小突きまわしたり、床の上へ突き倒したりしたものである。僕も一度はなぐられた上、習字のお双紙(そうし)をさし上げたまま、半時間も立たされていたことがあった。」と書いています。

【幸せの秘訣】

龍之介は続けて「雲の光、竹のそよぎ、群雀の声、行人（道を歩く人）の顔、――あらゆる日常の瑣事の中に無上の甘露味を感じなければならぬ。」と書いています。

一方で、彼はこのようにも記しています。「あらゆる日常の瑣事の中に堕地獄の苦痛を感じなければならぬ。」

【愛と憎悪】

ブタ君って遅刻してもなんだかんだで許してくれるからホント神だよなぁ
でもあんな性格に生まれなくてよかった
きっちりすぎて大変そうだもんね

ネコ君ほどいっしょにいてラクな人っていないよなぁ
でも遅刻癖がホントひどすぎ
どんな生き方したらあんなルーズになるんだろう

我々は皆
多少にもせよ、
我々の親密なる
友人知己（ちき）を
憎悪しあるいは
軽蔑している。

『侏儒（しゅじゅ）の言葉』より

龍之介は中学時代に仲が良かった西川英次郎について、「僕ももちろん秀才なれども西川の秀才は僕の比にあらず。」と記しています。また『大導寺信輔の半生』では、頭の良さを友達の条件と考える主人公・信輔について、「彼の友情はいつも幾分（いくぶん）か愛の中に憎悪を孕（はら）んだ情熱だった。」と書いています。

【人生の力加減】

ブタ君の転職先
ネットだと
ブラックなウワサも
あるけど大丈夫？
どうせ会社なんて
入ってみなきゃ
分かんないし〜
よゆ〜よゆ〜
大丈夫
でしょ

転職して１週間
くどくどくど
くどくどくど
すみませんすみません
すみませんすみません
新しい上司

人生は一箱のマッチに似ている。
重大に扱うのはばかばかしい。
重大に扱わなければ危険である。
『侏儒の言葉』より
ちゃんと考えて
転職するべきだった～

この名言の前に、龍之介は「我々は人生と闘いながら、人生と闘うことを学ばねばならぬ。こういうゲームのばかばかしさに憤慨を禁じ得ないものはさっさと埒外に歩み去るがよい。(中略)人生の競技場に踏み止まりたいと思うものは創痍を恐れずに闘わなければならぬ。」と書いています。

【自慢？】

オレの知り合いの
編集者が担当した
作家は芥川賞
とったよ
ええ！

オレの部下の
同級生の友人は
今年映画化された
「蜘蛛の糸」の監督
なんだよね
すご〜い
それは
もはや
他人！

我々の最も誇りたいものは
我々の持っていないもの
だけである。
『河童』より
自慢？
他慢？

この名言をふまえると、他人のことを自分のことのようにいばってしまうのは、人間の性なのかもしれませんね。他にも龍之介は『侏儒の言葉』に、「我々は誰でも我々自身の持っているものを欲しがるものではない。」と書いています。

【わかってない】

わかるということは世間が考えるほど、むぞうさにできることはない。
『雑筆』より

龍之介は続けて「何事も芸道に志したからは、わかった上にもわかろうとする心がけがかんじんなようだ。」と書いています。
彼が「最も純粋な作家」と尊敬していた志賀直哉は、龍之介の死後、「芥川君は始終自身の芸術に疑いを持っていた。それだけに、もっと伸びる人だと私は思っていた。」と記しています。

【苦しみのない場所はない】

新しい会社はどう？

かんぱ〜い

給料上がったし週の半分はリモートワークなのもいい感じ

でも…

龍之介は続けて「我々人間は我々人間であることにより、とうてい幸福に終始することはできない。」と書いています。また大学時代、龍之介は親友に送った手紙にこう記しています。「周囲は醜い。自己も醜い。そしてそれを目のあたりに見て生きるのは苦しい。しかも人はそのままに生きることを強いられる。」

【アリになりたい】

もし幸福ということを
苦痛の少ないこと
のみとすれば、
蟻（あり）もまた我々よりは
幸福であろう。
『侏儒（しゅじゅ）の言葉』より

デビュー作は見向きもされなかったものの、『鼻』が夏目漱石に絶賛され、龍之介は20代半ばで人気作家となります。しかし、その独特な作風はたびたび批判を受けることもありました。批判すらない無名の頃と、多くの賞賛と批判を浴びる人気作家時代と……どちらが幸福だったのでしょうか。

【悔恨と憂慮】

悔恨
やっぱりあの時
転職しなきゃ
よかった
トンカツ
並でーす
どーも

憂慮
とはいえ
また転職するのも
大変だしなぁ
いただきます

龍之介は20代の頃、1年だけ鎌倉に住んでいたことがありました。彼は晩年、妻・文に対して「鎌倉を引きあげたのは一生の誤りであった」と悔やんでいたそうです。

また、『或旧友へ送る手記』では、自殺する理由を「何か僕の将来に対するただぼんやりした不安」と書いています。

【いじわる】

昨日メールで送った
連載1話目の
原稿…
どうでした？
・・・

え？
なんで何も
言わないの？
黙られると
つらいんだけど
・・・
なんとなく
黙ってみたけど
動揺してるな
コホン

『春』は未完の小説です。妹・辰子から、「篤介と恋人になった」という手紙を受け取った広子は、妹の恋人がどんな青年か知るために篤介と会うことに。当日、篤介の猿に似た顔や態度に軽蔑を感じた彼女は、気まずさから咳払いをする彼の様子を楽しむかのように、あえてしばらく無言を貫いたのです。

【憎いけど】

ごめん！
遅刻しちゃって
これで何度目？
しかも1時間
遅れるとか
ありえないよ！
またか!?
帰る！

帰宅後
遅刻しなきゃ
いい友達
なんだよなぁ…

もし憎み切れるとすれば、
もっとしあわせに
なっているでしょう。
『二人小町』より

龍之介は大学時代、親友に送った手紙で「毎日不愉快なことが必ず起こる。人と喧嘩しそうでいけない。当分は誰ともうっかり話せない。そのくせさびしくって仕方がない。ばかばかしいほどセンチメンタルになることがある。どこかへ旅行でもしようかと思う。」と打ち明けています。

【いつかばれる】

お仕事は「出版系」って書かれてましたよね
編集者さんとかですか？
いやまぁ
作家みたいな感じですかね

すごーい
そんなことないですよ
まだWEB連載だけだし
別の仕事がメインだし

僕だってそんな化けの皮が、
永久に剥げないとは
思っていない。
が、剥げるまでは、
その化けの皮を
大事にかぶっていたいんだ。
『路上』より

この名言は、『路上』の登場人物・大井が、「故郷に帰る」とうそをついて女性と別れたことを友人に明かした時の言葉です。
ちなみに龍之介は、夜遅くまで会っていた女性から財布をプレゼントされた際、ある友人にお願いして、その友人がくれた財布ということにして家族をごまかした経験があります。

【ホントは気になる】

アプリで会った子
どうだった？
ん〜ちょっと
微妙かなぁ😀

5分後
くぅう
あの子
何人くらいと
付き合ったこと
あるんだろう

恋愛の兆候の一つは
彼女は過去に何人の男を愛したか、
あるいはどういう男を愛したかを考え、
その架空の何人かに
漠然とした嫉妬を感ずることである。

『侏儒（しゅじゅ）の言葉』より

龍之介は続けて「また恋愛の兆候の一つは彼女に似た顔を発見することに極度に鋭敏になることである。」と書いています。
20代後半の頃、龍之介はよく遊んでいたようで、友人に「相変わらず女にはよく惚れる。惚れていないと寂しいのだね」という内容の手紙を送っています。

【快適でさびしい】

緑に癒されるし
風も気持ちいいし
人間関係とか
気にしなくていいし
一人キャンプ
サイコ〜
都会のことは全部忘れて
思いっきり
のんびりしよう

3分後
ネコ君
元気かなぁ…

彼はほとんど至るところに、
仲間の若者たちの間には感じられない、
安息と平和とを見出した。
そこには愛憎の差別はなかった、
すべて平等に
日の光と微風との幸福に浴していた。
しかし――しかし彼は人間であった。

『素戔嗚尊（すさのおのみこと）』より

この名言は、人目を避けて自然の中で過ごしはじめた『素戔嗚尊』の主人公が、幸福とともにさびしさを感じる様子を表した言葉です。龍之介は『侏儒（しゅじゅ）の言葉（遺稿）』にも「我々の自然を愛する所以（ゆえん）は、―― 少なくともその所以の一つは自然は我々人間のように妬（ねた）んだり欺（あざむ）いたりしないからである。」と書いています。

【時間差】

連載1話の原稿
もうちょっと修正
してもいいですか？
いやいや
今の原稿でいいよ
そんな読む人
多くないし

1時間後
…そんな読む人
多くない？

僕は屈辱を受けた時、
なぜか急には
不快にはならぬ。が、
かれこれ一時間ほどすると、
だんだん不快になるのを
常としている。
『僕は』より

龍之介は他にも「僕は滅多に憎んだことはない。その代わりには時々軽蔑している。」、「僕は時々暴君になって大勢の男女を獅子や虎に食わせて見たいと思うことがある。」、「僕はたびたび他人のことを死ねばよいと思ったことがある。その又死ねばよいと思った中には僕の肉親さえいないことはない。」と書いています。

【真の自覚】

ぼくの遅刻癖
なかなか
なおらない
んだよなぁ
よしっ
明日は
余裕をもって
15分前に着くぞ~
おそーい!

翌日
15分前は
ムリだったけど
セーフ!
今日は
時間ピッタリだね
ゼェゼェ

「人は自分の能力をちょっと高めに見てしまうもの」と、頭の片隅で意識しておくべきなのかもしれませんね。
龍之介は『三つの宝』でも「とかく人間という者は、なんでも身のほどを忘れないように慎み深くするのが上分別です。」と書いています。

【本人が聞いたら…】

短編小説の名手だった龍之介は、長編小説に何度か挑戦したものの、途中で書くのを断念しています。また彼は雑誌の編集後記に、「僕の書くものを、小さくまとまりすぎていると言うて非難する人がある。しかし僕は、小さくとも完成品を作りたいと思っている。」と自身の信念を書いています。

コラム3 龍之介のこぼれ話

◆柳川隆之介

龍之介は若い頃、「柳川隆之介」というペンネームで作品を書いていました。「柳川」は敬愛する詩人・北原白秋の故郷である柳川、「隆之介」の「隆」は白秋の本名・隆吉にちなんだものだと考えられています。

◆数行のために解剖室へ

龍之介の代表作の1つとして知られる『羅生門』も、「柳川隆之介」のペンネームで23歳の頃に発表されました。彼は死体を表現する数行のために、わざわざ医科大学の解剖室を訪れたそうです。ちなみに、龍之介は『羅生門』の発表後にかなり修正を入れて、最後の一文も変更しています。

◆「比呂志」、「多加志」、「也寸志」

龍之介の息子たちの名前は、龍之介の友人の名前がもとになっています。長男・比呂志は小説家・菊池寛の「寛」、次男・多加志は龍之介の本の装幀を多く手がけた画家・小穴隆一の「隆」、三男・也寸志は高校時代の親友・恒藤恭の「恭」にちなんで命名されました。

◆見間違い（1）

海軍機関学校の英語教官時代のこと。校長主催の宴会に遅くまで参加し、汽車がなくなった龍之介は、同僚の下宿先に泊まることに。風呂に入って寝た翌日、龍之介はその下宿を気に入ったのか、窓の向こうを指さして同僚に「あの離れを借りよう」と言いました。それに対し同僚は「あれは昨晩入った風呂場です」と教えたそうです。

◆窓からおしっこ

これも海軍機関学校の英語教官時代のこと。出張先の宿泊施設で夜、同僚とトイレに行こうとしたものの、扉の鍵がかかっていたため、2人は仕方なく我慢して寝ることに。しかし、しばらくすると龍之介は起き上がり、窓を開けて小便を始めます。その時、同僚は寝たふりをして黙っていました。翌朝、目が覚めた龍之介は窓のところへ行き、下を眺めていたそうです。

◆見間違い（2）

またまた海軍機関学校の英語教官時代のこと。出張先から帰る途中、薄暗いランプの部屋に泊まった龍之介は、襖に描かれた絵に感心します。しかし翌朝見てみると、その部分は雨漏りでできたしみだったそうです。

◆日曜日以外は面会謝絶

27歳の頃に鎌倉から田端（東京）に戻った龍之介は、日曜日以外は面会謝絶として作家活動に励みました。その分、日曜日は朝から夜遅くまで、面会に来る人が絶えなかったそうです。

◆何のために温泉へ？

龍之介は33歳の頃、弱った体と心を癒すために修善寺温泉を訪れます。しかし、連日原稿を厳しく催促され、10日間でいくつもの原稿を完成させることに。同じ宿に泊まっていた小説家・泉鏡花の妻から「あなた、何のために湯治にいらしたんです？」とあきれられたそうです。

◆「あ、オバケ」

小説家・岡本かの子（岡本太郎の母）は著書の中で、亡くなる数ヶ月前の龍之介の様子を書いています。それによると、額が細長く丸くはげ上がり、老婆のようにしわしわな龍之介を見たある子供が、「あ、オバケ」と言ったそうです。

【もっとできるのに】

WEB連載のコメント…
高評価が増えてきた♪
最近はいい感じだなぁ

この位の文章でいいなら…
余裕でやっていけそう
むふっ

20代で一躍人気作家となった龍之介は、誰にも評価されないことより、適度に評価されてそこに甘んじることの危険を、身をもって感じていたのかもしれません。
晩年の彼は、「闇中問答(あんちゅうもんどう)」で自分に向けてこう書いています。「うぬ惚(ぼ)れるな。同時に卑屈にもなるな。これからお前はやり直すのだ。」

【明日やろうの日々】

よ〜し
今日は
ここまで
がんばり過ぎると
体調崩すから
残りは明日にしよう

翌日夜
あれ？
もうこんな
時間か
明日こそ
原稿ちゃんと
終わらそ〜

もちろん人間は
自然の与えた能力上の制限を
越えることはできぬ。
そうかといって怠けていれば、
その制限の所在さえ
知らずにしまう。

『芸術その他』より

ゲーテに羨望を抱いていた龍之介は、続けて「だから皆ゲーテになる気で、精進することが必要なのだ。そんなことをきまり悪がっていては、何年たってもゲーテの家の馭者（馬車を操る人）にだってなれはせぬ。」と書いています。

【自由に負けるな】

自由は山巓（さんてん）（山頂）の空気に似ている。どちらも弱い者にはたえることはできない。

『侏儒（しゅじゅ）の言葉』より

夏になると涼しい軽井沢で仕事をすることがあった龍之介。しかし、初めて軽井沢に訪れた時は創作意欲が湧かず、読書をしたり友人と遊んだりして、小説がほとんど進みませんでした。1ヶ月の滞在中に書き上げた小説は、しつこく催促された『十円札』だけだったそうです。

【子供はかわいい】

我々は一体何のために
幼い子供を愛するのか？
その理由の一半は
少なくとも幼い子供にだけは
欺かれる心配のないためである。
『侏儒の言葉』より

龍之介は他にも「わたしを感傷的にするものはただ無邪気な子供だけである。」と書いています。
ちなみに、龍之介の幼稚園の頃の夢は海軍将校でした。小学校に入ると画家になりたいと思うようになり、中学時代は歴史家を目指していました。

【甘く見ちゃだめ】

この名言は、『少年』の主人公・堀川保吉(ほりかわやすきち)が乗合自動車で出会った、生意気な少女に対して抱いた感情です。

『保吉の手帳から』、『文章』など、他の作品にもたびたび登場する保吉は、龍之介自身に近い人間がモチーフだと言われ、保吉が主人公の小説は「保吉もの」と呼ばれています。

【実は知らない】

地球はまるいということさえ、
ほんとうに知っているものは
少数である。
大多数は何時か
教えられたように、
まるいと一途に
信じているのに過ぎない。
『侏儒の言葉』より

龍之介は続けて「なぜまるいかと問いつめてみれば、上愚は総理大臣から下愚は腰弁（月給が安い人）に至るまで、説明のできないことは事実である。」と書いています。
当たり前すぎてうまく説明できないことがあるとしたら、それは「知っている」と思い込んでいるだけなのかもしれませんね。

【勢いに負けた】

やっぱり君には才能がある
君の連載を1日も早く読者に届けたい
だから〆切早めていいいよね？
えっ そうですか は、はいっ

深夜
しまった！
終わらん……

なぜ自分ともあるものが、
あんな人間の口車に乗って、
こんなばかげた苦しみを
するのだろうと思った。
『酒虫』より

この名言は、『酒虫』に登場する酒飲み・劉の心情を表したものです。彼は僧に「病の原因は腹にいる酒虫だ」、「その病は日向にじっとしているだけで治る」と言われ、その言葉に従うことに。しかし、時間が経つにつれて激しいのどの渇きやめまいに襲われ、僧に対して怒りが込み上げてきます。

【質より量?】

連載のペースを上げるのは難しそうです…
困るよ
できるって言ったじゃん

週2更新を週3更新にするとクオリティを保てないですよ
いやいや
WEB連載はとにかくたくさん更新しないと読者がつかないよ

夏目漱石は、龍之介宛の手紙で『鼻』を賞賛し、続けてこう書いています。「ああいうものをこれから二三十並べてごらんなさい。文壇で類のない作家になれます。（中略）ずんずんお進みなさい。」
量的向上が質的低下を招きやすくとも、まずは量をこなすことが大切なのかもしれませんね。

【知れば幻滅】

ネコの家
このハンバーグめっちゃおいしい！
作り方教えて
ヤダ

なんでよ～教えてよ～
ブ～ブ～
秘密でーす
レンチンとは言えない

『少年』の主人公・堀川保吉(ほりかわやすきち)は4歳の頃、女中と外を歩いていました。すると土埃の乾いた道の上に、2つの不思議な太い線を見つけます。幼い彼は想像を膨らませ、異国の大砂漠へと続く2つの線を思い浮かべたりしたものの、その線が車の跡だと女中に教えてもらうと、一気に興ざめしてしまったのです。

【敏感？】

残業中
ビクッ
今あっちで
なんか音が
しなかったか？
えっ？
見てきますね

プリンターから
紙が一枚
落ちてました
すごいですね
これの音に
気づくなんて
オレは
敏感
だからな
ビックリ
したぁ

あらゆる言葉は銭のように必ず両面を具えている。例えば「敏感な」という言葉の一面は畢竟「臆病な」ということに過ぎない。

（結局）

『侏儒の言葉（遺稿）』より

龍之介は『文芸的な、余りに文芸的な』でも、「僕らは少なくとも銭のように必ず両面を具えている。」と書き、その例としてこのように記しています。「征夷大将軍 源 実朝は政治家としては失敗した。しかし『金槐集』の歌人源実朝は芸術家としては立派に成功している。」

【夜にふと思う】

『偸盗』でも、盗みに失敗して重傷を負った猪熊の爺が、死を前に「死ぬ。死ぬとは、何だ。何にしても、自分は死にたくない。が、死ぬ。虫のように、何の造作もなく死んでしまう。」と恐怖に慄いています。その後、息を引き取った彼の顔を見た仲間は「生き顔より、死顔の方がよいようじゃな。」とつぶやきました。

【悪影響】

リモートワークだとさぼっちゃったりしない？
ぼくは朝パソコンでタイムカード押してから二度寝したりYouTube観たりすることもあるんだよね
わかる〜
ぼくはぶっちゃけ勤務時間内にジムに行くこともあるよ

なるほどブタ君は私用で外出もするのか
たまには仕方ないよね
だよね
なるほど二度寝もありだな

人間は色々汚いものをもっているから、
友達同志でも醜いものを
遠慮なくさらけ出し合うと、
互いに愛想が尽きて世は成り立たない。
あの男もこのくらい下等か、
自分もそのくらい下等でよい
というようなことで、
滔々として堕落する。

『明日の道徳』より

この名言は、龍之介が高等学校時代に校長だった新渡戸稲造が、倫理の講義で語ったものだそうです。龍之介はこの発言に憤慨し、倫理の講義を休むようになりました。
しかし30歳を過ぎた頃の龍之介は、当時の新渡戸の言葉について「多少の真理を認めております。」と言っています。

【言えないけど】

小説のWEB連載…
最初はいいコメントばかりだったんだけど
最近アンチコメントも多いんだよね
「幼稚な作文」とか「連載やめろ」とか
えっ
ひどいね
でも…

アンチコメントって
眺めてるだけならけっこう面白いんだよなぁ
言えないけど

人気作家の地位を築いた頃の龍之介は、史実をパロディ化したり、怪奇な幻想を書いたりする小説などが多く、「自分を告白していない」と批判されることもありました。それに対し彼は、「僕の小説は多少にもせよ、僕の体験の告白である。けれども諸君は承知しない。」と反論しています。

【気まずい】

何も言わずにいることは
それ自身僕には苦しかった。
といって何か言ったために
二人とも感傷的に
なってしまうことは
なおさら僕には苦しかった。

『冬』より

世間の評判を気にする性格だった龍之介は、『芋粥』の出来を心配し、夏目漱石に4回ほど手紙を送り、不安を打ち明けています。それに対し漱石は「君の作物はちゃんと手腕がきまっているのです。決してある程度以下には書こうとしても書けないからです。」という手紙を返信し、大丈夫だと励ましています。

【批判は人気の証？】

どうした？

ぼくの連載…
SNSでけっこう
叩かれてますよね

つらいです

龍之介は『戯作三昧』でも、主人公・滝沢馬琴の悩みとして「どうしておれは、おれの軽蔑している悪評に、こう煩わされるのだろう。」と書いています。
多くの人に広まれば広まるほど、いい評判も悪い評判も増えていく……そう考えると、賛否両論こそ人気の証かもしれませんね。

【オマエのために】

パパ〜
英語の勉強
もうイヤ
ダメだ
やりなさい

パパは英語の勉強を
さぼったから
英語が話せないんだ
そうならないように
ちゃんと勉強しなさい
Mmmm…

龍之介は他にも「親は子供を養育するのに適しているかどうかは疑問である。」、「人生の悲劇の第一幕は親子となったことにはじまっている。」と書いています。また、息子たちに宛てた遺書では「汝らは皆汝らの父のごとく神経質なるを免れざるべし。ことにその事実に注意せよ。」と忠告しています。

【軽蔑と羨望】

わしは日雇いで
なんとか
食いつないでるんよ
出版社の編集長?
うらやましいわな
ほげ~

でも部下に
嫌われたりして
大変やろ?
わしは気楽や
み~んな上司やし
がっはっは

この無精髭を伸ばした男を軽蔑しないわけにはいかなかった。同時にまた自然と彼の自由を羨まないわけにもいかなかった。

『たね子の憂鬱』より

『たね子の憂鬱』の主人公・たね子は、帝国ホテルでの結婚披露式に参列し、洋食のテーブルマナーに苦しみます。
その帰り道、とある食堂の前を通った彼女は、店の中に女中とふざけながら酒を飲むシャツ一枚の男を見つけ、思わずこんな心情になったのです。

【強い人は能天気?】

よっしゃ!
今日の営業会議でキツネのWEB連載の書籍化が決定したぞ
いろいろ話題になってますもんね

オレの編集力の勝利だな
です…ね
キツネさんの努力の勝利では?
へへっ

彼はこういう点になると、
実際どこまでも
おめでたくできあがった
人間の一人であった。
『素戔嗚尊』より
よぉし
赤字バンバン
入れるぞー！

『素戔嗚尊』の主人公は、周りの仲間に不快に思われているにも関わらず、全く気にする様子はありませんでした。この名言に続けて龍之介は「そのおめでたさがあらゆる強者に特有な烙印（やきいん）であることも事実であった。」と書いています。

【見てろよ】

寝る前
また今日もタヌキ編集長にイヤミ言われたなぁ
やる気あんの?
くっそ~

寝るの中止!
タヌキのヤロー
見返したる

何と言っても「憎悪する」ことは処世的才能の一つである。

『侏儒の言葉（遺稿）』より

小説を批判されることも多かった龍之介は、雑誌の編集後記に「ほかの人にどんな悪口を言われても先生（夏目漱石）に褒められれば、それで満足だった。」と書いています。
彼は「憎しみは反骨のエネルギーに変わる」ということを実感しながら、小説をつくり続けていたのかもしれません。

【懐かしいにおい】

んっ？
キンモクセイの
かおりだ…
もうそんな季節か

小学生のころ
この時期に…
好きな子が
転校しちゃったの
思い出すなぁ

少なくとも私にとっては、大抵なことが妙に嗅覚と関係を持っている。
『世之助の話』より

世之助は子供の頃に習っていた習字教室で、よくいじめられていました。その時の気持ちを、今はもう思い出しにくいと言いつつ、「それが腐った灰墨のにおいを嗅ぐと、いつでも私には、そんな心もちがかえってくる。そうして、子供の時の喜びと悲しみとが、もう一度私を甘やかしてくれる。」と語っています。

【正しさと美しさ】

なんか最近のオマエの原稿…
なんですか?
おっ 褒められる?

間違ってはないんだけど魅力に欠けるんだよなぁ
正しいけど美しくない
ぐはっ

龍之介は『文芸的な、余りに文芸的な』で「僕は『しゃべるように書きたい』願いももちろん持っていないものではない。が、同時にまた一面には『書くようにしゃべりたい』とも思うものである。僕の知っている限りでは夏目先生はどうかとすると、実に『書くようにしゃべる』作家だった。」と書いています。

コラム4 龍之介と文豪

夏目漱石

『我輩も犬である』

龍之介は中学時代、夏目漱石の『吾輩は猫である』をもじり、『我輩も犬である』という作品を書いています。

「反感を持たれているような気がした」

龍之介が初めて漱石と会った時のこと。「なぜ『万歳』というのは言いがたいんだろう」という話題になり、龍之介が意見を述べると、漱石はかたくなに認めず、いやな顔をして黙ってしまったそうです。当時のことを龍之介は「それ以来、どうも先生に反感を持たれているような気がした。」と書いています。

「老人の僕を若返らせた」

漱石に『鼻』が絶賛されたことで、人気作家の道が拓けた龍之介。しかし、漱石自身も龍之介に刺激されていたようで、漱石は龍之介とその友人に宛てた手紙に「いわば君らの若々しい青春の気が、老人の僕を若返らせたのです」と書いています。

「先生を唯一の標準にすることの危険」

龍之介は漱石のことを「先生」と呼び、生涯敬い続けました。ただ、漱石の存在があまりにも大きいからか、雑誌の編集後記に「先生を唯一の標準にすることの危険を、時々は怖れもした。」と書いたこともありました。

志賀直哉

「書きたくても書けない」

志賀直哉を尊敬していた龍之介は、ある日、漱石に「志賀さんの文章みたいなのは、書きたくても書けない」、「どうしたらああいう文章が書けるんでしょうね」とたずねました。すると漱石は「文章を書こうと思わずに、思うまま書くからああいう風に書けるんだろう」と言い、続けてこう言ったそうです。「俺もああいうのは書けない」

「仕方ないことだった」

龍之介と志賀は、7回ほど会ったことがあるそうです。その関係について、志賀は著書に「いまだ友とはいえない関係だったが、互いに好意は持ち合っていた。」と書いています。

ちなみに、志賀は龍之介の死を知った時のことを、「なぜか『仕方ないことだった』というような気持ちがした。私にそう思うような材料があったわけではないが、不思議にそういう気持ちが一番先に来た。」と記しています。

菊池寛（きくちかん）

「兄貴と一緒にいるよう」

龍之介と菊池寛は一高時代の同級生です。龍之介は菊池について、「自分は菊池寛と一緒にいて、気づまりを感じたことは一度もない。と同時に退屈した覚えも皆無である。」、「菊池と一緒にいると、何時も兄貴と一緒にいるような心もちがする。」と書いています。

芥川賞の制定

龍之介は菊池が創刊した雑誌『文藝春秋』に、創刊時から『侏儒の言葉』を連載して貢献しています。龍之介の死後、菊池はその功績を記念して1935年に芥川賞を制定しました。ちなみに、直木賞は編集面でも『文藝春秋』に貢献した小説家・直木三十五（なおきさんじゅうご）の功績を記念したものです。

【リセットしたい】

う〜ん
進まない
日記形式の
小説連載って
やっぱりムリが
あったのかなぁ

深夜
本当に完成
するかなぁ
いっそのこと
別の設定で
最初から
書き直したいかも
あぁぁ

僕らが芸術的完成の途へ向かおうとする時、
何か僕らの精進を妨げるものがある。
（中略）
ちょうど山へ登る人が高く登るのに従って、
妙に雲の下にある麓が
懐かしくなるようなものだ。

『芸術その他』より

龍之介は続けて「こう言って通じなければ――その人は遂に僕にとって、縁無き衆生（人々）だというほかはない。」と記しています。

また『戯作三昧』では、主人公・滝沢馬琴が親友・渡辺崋山に「進まなければ、すぐに押し倒される。するとまず一足でも進む工夫が、肝心らしいようですな。」と語っています。

【誰もわかってくれない】

最終回は
王道がいいぞ
ハッピー
エンドで
よろしくな
はい…

キツネ君の
WEB連載
最終回が意外な展開に
なりそうで楽しみ！
バッド
エンドも
あるのかなって
…

「おれは苦しんでいる。が、誰もおれの苦しみを察してくれるものがない。」――そう思うことが、既に彼には一倍の苦痛であった。

『忠義』より

この名言は、神経衰弱に苦しむ『忠義』の主人公・板倉修理の言葉です。
また、龍之介は自殺理由を書いた『或旧友へ送る手記』の中で、「僕に近い人々の僕に近い境遇にいない限り、僕の言葉は風の中の歌のように消える」と、理解してもらえない諦めの心を記しています。

【言葉の意味は変化する】

「煮詰まる」ってどういう意味か知ってる？
「アイデアが出つくして困る」って意味じゃないの？

本来は「アイデアが出つくしてそろそろ結論が出そう」って意味なんだって
マジで!?
でもその意味で使う人いないよね

だれもみな
間違ってしまえば、
もちろん間違いは
消滅するのである。

『続文芸的な、余りに文芸的な』より

龍之介は続けて「従ってこの混乱を救うためには、——一人残らず間違ってしまえ。」と書いています。
「役不足（役目が軽すぎる）」が「力不足」の意味で使われたり、「姑息（その場逃れ）」が「卑怯」の意味で使われたり……そうやって日本語は変化していくのかもしれませんね。

【未練】

フラれたけど平気だもん
火遊び感覚で付き合ってただけだし
よしよし

1週間後
軽いノリで付き合ってただけだから
まぁ向こうからよりを戻そうって言ってきたら考えてやってもいいけどね
引きずってるなぁ

消火は放火ほど容易ではない。

『侏儒の言葉』より

龍之介は大学時代、幼なじみの吉田弥生を好きになり、結婚したいことを自分の家族に告げます。しかし猛反発を受け、一晩中泣き、翌朝諦めることに。吉田家が士族でないことなどが、家族が結婚に反対した理由でした。龍之介はその後、一度だけ弥生に手紙を書いたものの、返事はこなかったそうです。

【合わせるのしんどい】

下等な世間に住む
人間の不幸は、
その下等さに煩わされて、
自分もまた下等な言動を
余儀なくさせられる
ところにある。

『戯作三昧』より

『戯作三昧』の主人公・滝沢馬琴は、原稿をしつこくせがむ出版屋の和泉屋市兵衛を追い払い、続けてこう感じています。「追い払うということは、もちろん高等なことでも何でもない。が、自分は相手の下等さによって、自分もまたその下等なことを、しなくてはならないところまで押しつめられたのである。」

【恋に悩むのはヒマだから？】

龍之介は続けて「恋愛もまた完全に行われるためには何よりも時間を持たなければならぬ。ウェルテル、ロミオ、トリスタン――古来の恋人を考えて見ても、彼らは皆暇人ばかりである。」と書いています。また「理性」について、「理性のわたしに教えたものは畢竟（ひっきょう）（結局）理性の無力だった。」と記しています。

【維持は退化】

なんかさぁ
最近の
オマエの連載
毎回オチが
似てない？
やっぱり
分かります？
ドキッ

過去の自分を
真似しだした作家は
一気に劣化して
いくぞ
マンネリに
負けるな
ううう

龍之介は続けて「芸術家が退歩する時、常に一種の自動作用が始まる。という意味は、同じような作品ばかり書くことだ。」と書いています。

また彼は『文芸的な、余りに文芸的な』で、「僕らの精神的生活は大抵は古い僕らに対する新しい僕らの戦いである。」と記しています。

【お互いさま】

ファミレス
おじさんが2人でパフェ食べてる
見て見て
ウケる〜
平日にこんなとこで何してるんだろね

女子高生って毎日こういうとこでくっちゃべってんのかなぁ
そんなことより校了後のパフェってやっぱり最高ですね！

彼らは僕らの風俗や習慣を
もちろん笑わずにはいられないであろう。
同時にまた
彼らの風俗や習慣も
やはり僕らには
おかしいのである。
『文芸的な、余りに文芸的な』より

龍之介はこの名言を、西洋人から見た日本人と、日本人から見た西洋人を例に挙げて書いています。また続けて「互いに軽蔑し合うことは避けがたい事実とはいうものの、やはり悲しむべき事実である。」と記しています。

【偶然より必然?】

本が完成したんだってね!
おめでとう!
いやいや
運が良かっただけだよ

運じゃない
仕事と作家を10年も両立し続けたキツネ君にしかできないことだよ
そうかなぁ

運命は偶然よりも
必然である。
「運命は性格の中にある」
という言葉は
決して等閑（とうかん）（なおざり）に
生まれたものではない。
『侏儒（しゅじゅ）の言葉（遺稿）』より

一方で龍之介は「遺伝、境遇、偶然、——我々の運命を司（つかさど）るものは畢竟（ひっきょう）（結局）この三者である。」と書いています。

「人生は地獄よりも地獄的である。」と考えていた彼にとって、偶然と必然はある意味、表裏一体だったのかもしれません。

生きて面白い世の中
とも思わないが、
死んで面白い世の中
とも思わない。
僕も生きられるだけ生きる。
君も一日も長く生きろ。

幼なじみに宛てた手紙より

芥川龍之介の略年譜

年	年齢	出来事
1892年（明治25年）	0歳	3月 1日に現在の東京都中央区で生まれる。父は新原敏三、母はフク。しばらくしてフクが突然発狂し、フクの兄・芥川道章の家にあずけられる。
1897年（明治30年）	5歳	4月 江東尋常小学校附属幼稚園に入園。
1898年（明治31年）	6歳	4月 江東尋常小学校に入学。
1902年（明治35年）	10歳	11月 実の母・フクが死去。
1904年（明治37年）	12歳	8月 正式に芥川家の養子になる。
1905年（明治38年）	13歳	4月 東京府立第三中学校に入学。
1910年（明治43年）	18歳	9月 成績優秀者であったため、第一高等学校英文科に無試験で入学。
1913年（大正2年）	21歳	7月 一高を卒業。成績は26人中2番目。 9月 東京帝国大学英文科に入学。
1915年（大正4年）	23歳	11月 『羅生門』を発表。 12月 初めて夏目漱石のもとを訪ねる。
1916年（大正5年）	24歳	2月 『鼻』を発表。夏目漱石に絶賛される。 7月 東京帝国大学英文科を卒業。成績は20人中2番目。 12月 海軍機関学校の英語教官になり、鎌倉に下宿。夏目漱石が死去。
1918年（大正7年）	26歳	2月 塚本文と結婚。 3月 文とともに鎌倉に引っ越し、教官を続けながら大阪毎日新聞社の社友となる。

年	年齢	出来事
		7月　『蜘蛛の糸』を発表。
1919年（大正8年）	27歳	3月　実の父・敏三が死去。教官を辞めて大阪毎日新聞社の社員となる。 4月　鎌倉から田端の自宅に戻る。
1920年（大正9年）	28歳	3月　長男・比呂志が生まれる。 7月　『杜子春』を発表。
1921年（大正10年）	29歳	3月から新聞社の特派員として約3か月半、中国を訪れる。 この年あたりから心身の不調に悩まされることが増え始める。
1922年（大正11年）	30歳	11月　次男・多加志が生まれる。
1923年（大正12年）	31歳	1月　菊池寛が創刊した『文藝春秋』で『侏儒の言葉』の連載がスタート。
1925年（大正14年）	33歳	7月　三男・也寸志が生まれる。
1927年（昭和2年）	35歳	1月　義兄が自殺。 3月　『河童』を発表。 4月　『文芸的な、余りに文芸的な』の連載がスタート。小説の筋をめぐって谷崎潤一郎と論争する。 5月　友人が発狂して衝撃を受ける。 7月24日に自ら命を絶つ。
1935年（昭和10年）		1月　菊池寛によって芥川賞（芥川龍之介賞）が制定される。

『侏儒の言葉・文芸的な、余りに文芸的な』芥川龍之介（岩波書店）
『芥川龍之介全集1〜8』芥川龍之介（筑摩書房）
『写真作家伝叢書 芥川龍之介』吉田精一・芥川比呂志（明治書院）
『年表作家読本 芥川龍之介』編著:鷺只雄（河出書房新社）
『ちくま日本文学002 芥川龍之介』芥川龍之介（筑摩書房）
『芥川龍之介全集第4巻』芥川龍之介（岩波書店）
『芥川龍之介全集第8巻』芥川龍之介（岩波書店）
『新潮日本文学アルバム13 芥川龍之介』（新潮社）
『芥川龍之介の世界』中村真一郎（岩波書店）
『現代文学大系25 芥川龍之介集』芥川龍之介（筑摩書房）
『トロッコ・一塊の土』芥川龍之介（KADOKAWA）
『藪の中・将軍』芥川龍之介（KADOKAWA）
『或阿呆の一生・侏儒の言葉』芥川龍之介（KADOKAWA）
『志賀直哉全集 第三巻』志賀直哉（岩波書店）
『私の「漱石」と「龍之介」』内田百閒（筑摩書房）

人生は地獄よりも地獄的である。
芥川龍之介 地獄の2コマ名言集

2024年7月16日　第1刷発行

企画・文　ペズル
イラスト　aqinasu

発行者　鈴木勝彦
発行所　株式会社プレジデント社
〒102-8641 東京都千代田区平河町 2-16-1
平河町森タワー 13階
https://www.president.co.jp/
電話：編集（03）3237-3732　販売（03）3237-3731
販売　桂木栄一　高橋 徹　川井田美景
森田 巌　末吉秀樹　庄司俊昭　大井重儀
デザイン　公平恵美
編集　川井田美景
編集協力　板敷かおり
制作　関 結香
印刷・製本　中央精版印刷株式会社

ISBN978-4-8334-2541-4　Printed in Japan
落丁・乱丁本はおとりかえいたします。